LES DEUX
IRLANDAIS

DIALOGUE DRAMATIQUE,

Dédié à M. de Lamartine,

SUIVI DE QUELQUES NOUVEAUX ESSAIS POÉTIQUES,

Par J. MARIE COURNIER,

(Auteur du Nyctalope.)

> . . . . Depuis six cents ans,
> L'Irlande en ses efforts sans cesse renaissants,
> Contre le joug anglais — ce rocher d'égoïsme
> Heurte et brise les flots de son patriotisme.

DEUXIÈME ÉDITION.

————— ⚬ —————

PARIS,
DENTU, LIBRAIRE, GALERIE D'ORLÉANS,
PALAIS-ROYAL.

EBRARD, LIBRAIRE,   MASGANA, LIBRAIRE,
Passage des Panoramas, 61.   Péristile de l'Odéon.

ET CHEZ TOUS LES MARCHANDS DE NOUVEAUTÉS.

—

1844.

LES DEUX IRLANDAIS.

LES DEUX
IRLANDAIS

DIALOGUE DRAMATIQUE,

Dédié à M. de Lamartine,

SUIVI DE QUELQUES NOUVEAUX ESSAIS POËTIQUES,

Par J. MARIE COURNIER,

(Auteur du NYCTALOPE.)

> . . . . . Depuis six cents ans,
> L'Irlande en ses efforts sans cesse renaissants,
> Contre le joug anglais—ce rocher d'égoïsme
> Heurte et brise les flots de son patriotisme.

PARIS,
DENTU, LIBRAIRE, GALERIE D'ORLÉANS,
PALAIS-ROYAL.

EBRARD, LIBRAIRE,   MASGANA, LIBRAIRE,
Passage des Panoramas, 61.   Péristile de l'Odéon.
ET CHEZ TOUS LES MARCHANDS DE NOUVEAUTÉS.

1844.

A MON BON ET EXCELLENT ONCLE

EMILE GOUBIE.

*Témoignage sincère de dévouement
et de reconnaissance.*

J. MARIE COURNIER.

1

Voici un petit recueil de vers que je livre au juge-
ment de quelques amis qui ont daigné accueillir le
Nyctalope avec indulgence, ils trouveront à la fin les
lettres et critiques qui m'ont été adressées a son sujet
et pourront voir si, dans ces nouveaux essais, j'ai
commencé à me corriger des défauts qu'on m'a si-
gnalés avec justice. Je remercie bien vivement toutes
les personnes bienveillantes qui m'ont dit leur pensée
sur mes premiers essais; je sollicite de nouveau leur
opinion sur ce recueil, et j'espère, en travaillant,
leur montrer un jour que je n'étais pas indigne de
l'intérêt qu'elles me portent.

QUELQUES MOTS QUE LE PUBLIC NE LIRA PAS, MAIS
QUE JE RECOMMANDE AUX GENS SÉRIEUX (1).

Si M. A + B. était resté dans les bornes d'une critique consciencieuse et littéraire, quelle qu'eût été sa sévérité à l'égard d'un premier début que j'ai condamné moi-même, j'aurais fait mon profit pour l'avenir des observations impartiales d'un ami sincère de l'art; mais il n'en a pas été ainsi; M. A + B.

(1) Voir d'abord à la fin de la brochure, l'article *complet* de M. A† B.

a fort adroitement *escobardé* la question, fort insidieusement dénaturé ma pensée.

N'ayant pas comme M. A+ B. de *Corsaire* à mes ordres, j'ai dû attendre le premier recueil lancé par moi sur les flots toujours mouvants de la publicité, pour brûler quelques amorces en mémoire d'un pauvre livre qui ne demandait qu'à mourir honorablement, et qui était déjà bien assez malade par lui-même pour se passer du coup de pied de M. A + B.

Que M. A + B. se soit courageusement armé de son couteau à papier, pour couper une à une toutes les feuilles du *Nyctalope*; ceci fait; qu'il ait lu chaque vers, épluché chaque mot, depuis le titre jusqu'au nom de l'imprimeur.... c'est une action méritoire, dont moi, pauvre conscrit égaré et tremblant au milieu du bataillon carré des vieux grognards littéraires, je lui garderai une reconnaissance éternelle.

Puis, que M. A + B. ait rassemblé dans ses puissantes et habiles mains, les vingt-cinq pièces éparses du *Nyctalope*, produites à des époques éloignées, sous des impressions différentes, la plupart dans la première jeunesse, et que pressurant tout cela, sans pitié il en ait exprimé trois diphtongues employées plutôt d'après les lois de l'oreille, que d'après les règles du *Dictionnaire des rimes*; bouquin que je respecte, mais que je ne connais pas. — Puis, trois négligences grammaticales, et qu'armé de ces six taches, excusables dans un premier recueil, il se soit écrié :

« *Lorsque l'on se pose* comme l'auteur du *Nycta-*
« *lope*, en adversaire lyrique de tout un siècle, on
« devrait au moins écrire la langue poétique avec
« correction et ne pas bouleverser à plaisir toutes les
« lois de la prosodie et de la grammaire! » Je l'a-
voue, M. A + B. était dans son droit et je devais
me taire.

Mais il est certaines phrases que je ne dois pas
laisser passer sans commentaires, sous peine d'en
reconnaître la véracité.

Ainsi :

« Une idée préoccupe beaucoup l'auteur du *Nyc-*
« *talope*; il *croit* (1) que les poètes qui ne sont pas
« pauvres font *naturellement* un trafic infâme de
« leur génie. . . . .

. . . .

« Et il fustige aussi vertement qu'il le peut, sans
« toutefois les nommer, plusieurs *poètes sublimes,* »
« qui à l'en croire, « au lieu de mourir, *se sont ven-*
« *dus.* » Evidemment, signaler cette idée de M. Cour-
« nier, c'est en faire une critique suffisante, *car elle*
« *est le comble de l'absurdité.* Tous les grands
« poètes de notre temps, M. de Lamartine, M. Vic-
« tor Hugo, M. Sainte-Beuve, et *quelques autres*
« *noms que je trouverais facilement sous ma plume,*
« se vendent, en effet, et même très-bien ; mais au pu-
« blic seulement, par l'intermédiaire de leur libraire,
« et voilà comment ils sont en possession de ce bien

(1) C'est faux, je ne crois pas cela.

« être que leur *reproche si amèrement M. Cournier.* »

Tout cela est complètement faux ; je ne reproche rien aux trois noms mis traîtreusement en avant par M. A. + B. Je les honore et les admire comme tout le monde. — Voici d'ailleurs les vers incriminés : il suffira de les citer, le lecteur appréciera :

Il était ici-bas des poètes sublimes !
Ils louaient les vertus et maudissaient les crimes,
Leur éloquente voix semblait venir de Dieu,
Et leur lyre prêchait jusque dans le saint lieu !...
O chrétiens d'un moment !... ô chaleureux apôtres !
Qu'êtes-vous devenus ? — Des vers comme les vôtres
Résonnaient dans les cœurs, et déjà les humains
Laissaient tomber cet or que retenaient leurs mains ;
Déjà les yeux en pleurs ils regardaient leurs frères ;
Déjà l'espoir naissait au cœur des jeunes mères ;
Déjà l'art, cet amant au cœur chaste et jaloux,
L'art divin revenait habiter parmi nous !

Mais, hélas ! vous saviez que toute sainte idée,
Par le sang des martyrs doit être fécondée !
Or, vous n'êtes point morts — Vous vous êtes vendus ! !
Et tous ces monstres vils, ennemis des vertus,
Que vos voix retenaient enfermés dans leur antre,
Sont sortis sourdement en rampant sur le ventre ;
Ils s'avançaient d'abord avec timidité,
Craignant d'entendre encore la forte vérité ;

Mais sitôt qu'ils l'ont vue isolée et muette,
Ces monstres en sifflant ont relevé la tête.
Et jetant du venin sur tout bon sentiment,
Le monde est devenu bien plus mauvais qu'avant ! —

. . . .

. . . .

Paris, monstre envieux, dont les dents affamées,
Déchirent sans pitié toutes les renommées ;
Roc où vient naufrager la timide vertu ;
Champ où le héros meurt sans avoir combattu ;
Grand bazar, où l'on voit les hommes et les femmes
Vendre pour un peu d'or et leurs corps et leurs âmes...
Lieu fatal et maudit !... Adieu, Paris, adieu,
Je vais chercher ailleurs à m'approcher de Dieu ! —

. . . .

Salut ! ciel tout d'azur ! — salut belles prairies
Vous, ô lacs orageux !... et vous, ô fleurs chéries !—
Salut vent qu'on entend soupirer dans les bois !
Et vous, oiseaux chanteurs... harmonieuses voix !...
Et toi, surtout, et toi... chaste sœur de l'étude
Salut trois fois salut, ô sainte solitude ! ! —

M. A + B. me demande pourquoi : « *Puisque*
« *j'aspirais à passer pour un puritain féroce et in-*
« *flexible*, j'ai écrit ma méditation sur le 13 juillet,
« *flagorneuse et nauséabonde* méditation où sont
« épuisées toutes les formules de l'adulation, où
« je réussis à ensevelir une seconde fois le duc
« d'Orléans sous une avalanche de ridicules hy-
« perboles.

Tout en ne reconnaissant pas au pseudonyme A +
B. le droit de venir me demander compte quand

bon lui semblera de mes opinions politiques, je lui répondrai cependant un mot : — Je regrette qu'il n'ait pas eu le courage de citer la méditation qu'il attaque d'une manière si aigre ; ou du moins quelques fragments complets dans cette pièce, faible sans doute, comme valeur littéraire. Le lecteur aurait trouvé une conviction tout aussi logique et tout aussi indépendante que celle de M. A + B. (si toutefois M. A+B. en sa qualité de feuilletoniste errant de journaux en journaux, de revue en revue, est tenu d'avoir une conviction sur quoi que ce soit).

Le lecteur aurait compris qu'un débutant qui a besoin de toutes les voix de la publicité, peut, sans bassesse et sans lâcheté, louer hautement un roi, insulté et calomnié si souvent par certaines *individualités* mécontentes et ambitieuses *qui ont les sympathies* de **M. A+ B.**

Le lecteur aurait vu enfin, que ces *ridicules hyperboles* sont des larmes sincères, versées sur un jeune prince, poëte de cœur, amateur du vrai et du beau, et qui était sans doute destiné à relever les arts et les lettres, de l'avilissement où ils se trouvent maintenant.

Ce système de ne citer que des mots isolés, et jamais d'idées complètes, manque de rondeur et de bonne foi, c'est le comble de la perfidie, car il est facile de dénaturer le sens ; et un mot qui pouvait être sublime dans l'idée complète, peut facilement paraître absurde séparé de son entourage.

Déjà l'on a vu le rassemblement du mot vendre qui se trouvait dans le volume distancé de cinquante à soixante feuillets, et déduire de là, *que je suspecte la moralité des plus éminents poètes de l'époque* et que *je crois que les poètes qui ne sont pas pauvres font un trafic infâme de leur génie;* voici maintenant le mot pain et deux fois le mot faim péchés à grand peine parmi trois mille vers; et on s'écrie : « *Le vo-* « *lume de M. Cournier fourmille de passages où les* « *infortunes de la muse moderne sont comprises uni-* « *quement sous le point de vue de l'estomac..... Cette* « *préoccupation du plus positif des besoins physiques* « *est poussée dans le Nyctalope jusqu'à la monomanie.* « *Or, selon moi c'est là, rabaisser la poésie, la dé-* « *pouiller de sa dignité et lui enlever tout son pres-* « *tige.* »

Lorsque j'écrivais les vers qui contiennent ces mots *faim* et *pain :* — J'avais le cœur gros et les yeux humides, de la perte récente d'un de mes amis; (¹) vrai poète, mort de fatigue et de misère. — Mort de fatigue, pour avoir fait de l'art; mort de faim, pour n'avoir pas fait le métier de M. A + B. métier de chaque jour, payé à tant la ligne, et qui donne à M. A. + B. de quoi *manger* tout son saoûl... MANGER ! Certes, voilà un mot bien peu poétique... Mais ne pas manger tue un poète comme tout animal, et par conséquent sa poésie avec lui.

« Nous ne voyons pas, ajoute M. A + B., qu'Ho-

(¹) Camille Bernay.

« mère, *qui était pourtant Homère*, ait écrit un seul
« vers pour se plaindre d'avoir été laissé à jeûn
« par ses contemporains. »

Non, certainement; mais nous voyons qu'il en a
écrit de charmants sur l'hospitalité...; et puis Homère vivait en Grèce; en Grèce, le pays de la forme
et de l'harmonie; en Grèce, où l'instinct du beau et
du vrai, était inné dans chaque cerveau, dans chaque
chose..... Vous nous parlez d'Homère, Monsieur?...
mais ne le voyez-vous pas le grand aveugle, seul
avec ses inspirations, traversant les belles cam-
pagnes de sa patrie; veut-il chanter? Aussitôt, le
vent retient son haleine; le feuillage se tait; les trou-
peaux cessent de paître; les petits nuages blancs qui
voguent sous l'azur, s'arrêtent... et la nature entière
savoure avec ivresse les accents du divin *Rapsode*.
A-t-il fini? le vent soupire de satisfaction, la forêt
tout entière applaudit; le pâtre l'œil humide, le
cœur ému, s'approche avec respect de l'illustre
inconnu, et partage avec lui son pain de la journée;
les arbres laissent complaisamment plier leurs bran-
ches et les plus beaux fruits viennent d'eux-mêmes
s'offrir à la main de l'aveugle... car pour chanter, le
poète doit vivre, et la nature entière ne veut pas
que sa voix s'éteigne. — Puis après quelques heures
de repos, à l'heure où le disque rougeâtre du soleil
plonge dans l'océan, l'aveugle reprend sa marche,
un Dieu le conduit; il va heurter au premier seuil:

avant de le connaître, avant de savoir s'il va chanter, tous les bras lui sont ouverts, la place d'honneur lui est dévolue. . . . . , ...

De par Apollon, Monsieur, ne venez pas comparer *L'Iliade* aux *Mystères de Paris*, le marbre de Praxitèle au plâtre de Dantan; Prométhée à Robert-Macaire; les *Nuées* aux saltimbanques; la république de Platon aux *Voyages en Icarie*; en un mot, la Grèce d'alors, à la France d'aujourd'hui. — Allons jeune homme au front pâle, à l'œil cave, brûlé par l'insomnie, desséché par les larmes, à la poitrine affaiblie par les privations.... pourquoi te désespérer? Laisse-là ta misérable mansarde, descends tes six étages; et fièrement drapé dans ton génie et dans ta misère; cherche quelque part ce qu'en France on appelle la nature; si tu le trouves, prends un air inspiré, et chante: le passant te traitera de fou, le gamin te jettera des pierres, les accords de l'orgue de barbarie viendront te narguer, et le puissant aboiement d'une machine à vapeur finira par couvrir ta voix! — Maintenant, poussé par la faim, arrache une racine à la terre, un fruit à un arbre, la police correctionelle t'en demandera compte.— Rentre dans Paris, (cette sentinelle avancée des arts et de la civilisation), frappe à la première porte, demande l'hospitalité: on ne te comprendra pas; dis que tu es poète, on se mettra à rire; Propose de réciter tes vers, on te mettra à la porte. — Que faire alors? — Mourir? non, non, non! sois de ton

siècle. — Exerce-toi à faire des grimaces ; farcis ta
tête de gros calembourgs et de mauvaises charges ;
rejette la timidité du mérite ; endosse le cynisme de
la bêtise... et présente-toi le front haut : toutes les
portes te seront ouvertes ; les plus doux sourires et
les plus chaudes poignées de main seront pour toi :
voilà comment chez le peuple *le plus spirituel du
monde*, on comprend la beauté de l'art et les nobles
lois de l'hospitalité ! . . . .
. . . .

Nous craignons, en vérité, d'avoir pris trop au
sérieux, une ruade du *Corsaire ; il nous en coûte*
d'y répondre si longuement ; *c'est qu'à tout prendre,*
le nom caché sous **A + B.**, n'est pas sans *mérite à nos yeux* ; nous l'avons vu mainte fois
figurer vaillamment à la tête de ceux qui travaillent
pour le triomphe de l'art ; et **M. A + B.** , *serait donc
impardonnable* de prostituer plus longtemps son talent aux lieux communs du métier, et à de mes-
quines vengeances de parti, *puisqu'il le peut appliquer à mieux.*

LES DEUX IRLANDAIS,

DIALOGUE DRAMATIQUE.

A M. de Lamartine.

LES DEUX IRLANDAIS,

DIALOGUE DRAMATIQUE.

A Monsieur de Lamartine,

> *Dixerat, et flebunt.*
> Ovide.

On voit que l'ouragan va bientôt éclater;
D'abord chaque passant a l'air de méditer,
Son feutre sur les yeux, son manteau sur l'oreille,
Il rase les maisons plus vite que la veille,
Ensuite, les marchands sur leur porte campés
Blêmes comme la mort, mornes, préoccupés,
Plongeant un œil craintif au bout de chaque rue,
S'interrogent tout bas d'une voix fort émue.
Les mères ont eu soin d'enfermer leurs enfants.
On ne rencontre plus que chiens et mendiants.
Les ouvriers déjà désertent les fabriques;
Les tavernes partout regorgent de pratiques;
Le gin coule à longs flots sur leur oisivité...
Un silence de plomb règne sur la cité!

Tel est l'aspect de Dublin. Nous sommes en 1798;
les irlandais unis triomphent dans la moitié de l'Irlande, et trente mille insurgés sont campés autour

de Dublin, prêts à la bloquer au premier signal. Une flotte française a été aperçue en mer. Une seule main conduit tout; quelle est-elle? La tête du chef mystérieux est mise à prix; mais c'est en vain. Les autorités sont dans la plus vive anxiété.

Robert, jeune membre du conseil privé du vice-roi, sort du château de Dublin; son front est pâle, son regard inquiet. Il erre çà et là dans la ville, au hasard, essayant en vain de calmer le trouble qui l'agite. Enfin il aperçoit Daniel jeune avocat, ancien camarade d'enfance. Les deux amis se regardent... leur bouche est muette mais leurs yeux sont humides; ils se serrent la main avec effusion, ils se sont compris! — Se prenant par le bras, ils se dirigent vers la demeure de l'un d'eux, chez Daniel. La porte est soigneusement close, personne ne peut les entendre :

ROBERT.

Daniel, tu me fuis depuis longtemps... pourquoi?

DANIEL.

Oui Robert, je t'ai fui, j'avais honte de toi,
Et ma vieille amitié me pesait comme un crime...
Du puissant vice-roi... toi, secrétaire intime!

ROBERT, *lui prenant la main avec émotion.*

Frère, j'ai bien souffert! — mon sein gros de douleur
Brûlait de confier ses sanglots à ton cœur.

O Daniel! — Sais-tu, quelle secrète rage,
Fermente dans mon cœur, et rougit mon visage ?
Ces Anglais .. ils voulaient me faire le bourreau,
De cette verte Erinn qui porta mon berceau !
O beaux lacs transparents ! O collines vermeilles !
O doux et gais refrains qui charmiez mes oreilles !
O bois sombres ! —Contrée aux champs toujours fleuris,
Je t'aime !!.. et je ne veux que toi pour mon pays. —

DANIEL.

Je le savais bien, moi, qu'il aimait sa patrie !
Quel noble et doux aveu pour mon âme attendrie,
Mon ami, dans mes bras !!

ROBERT, *avec effusion.*

Oh laisse-moi pleurer !
Je sens mon pauvre cœur enfin se desserrer.

(*Un silence.*)

Mais ton front est voilé d'une morne tristesse,
Qu'as-tu donc, Daniel ? et quel chagrin t'oppresse ?

DANIEL, *marchant avec agitation.*

Hélas ! j'entends au loin la révolte rugir,
Et songeant au passé je crains pour l'avenir.
Erinn ! — comme toujours on brisera tes armes,
Tu sèmes des héros pour recueillir des larmes !..

ROBERT , *palissant.*

Ciel! que dis-tu?

DANIEL.

Je dis, que depuis six cents ans,
L'Irlande en ses efforts sans cesse renaissants,
Contre le joug anglais, — ce rocher d'égoïsme, —
Heurte, et brise les flots de son patriotisme;
Que depuis six cents ans, d'innombrables martyrs
Ont exhalé vers Dieu leurs sublimes soupirs,
Et que l'Irlande encor, n'a pas, du ciel propice,
Reçu la liberté, ce prix du sacrifice! —
Qu'allons-nous devenir? Nous faudra-t-il toujours,
Employer des combats le stérile secours?
Loin de nous affranchir nous avons vu nos peines
S'aggraver.—Chaque effort a resserré nos chaînes!—
Il nous faut donc trouver quelque nouveau moyen,
Plus solide et plus sûr pour arriver au bien.
Quel est-il?

ROBERT, *vivement.*

Daniel — Je connais les infâmes,
Ils me croyaient Anglais, ils m'ont ouvert leurs âmes
Et j'ai lu dans ces cœurs, —qu'en tremblant je sondais..
Qu'ils veulent de l'Irlande et non des Irlandais!
Oui, c'est un peuple entier que sourdement on mine,
Ceux-ci, par l'échafaud — ceux-là par la famine,

Et quant aux députés de notre parlement,
Ils résistent en vain; contr'eux... On a l'argent.
Quoi!.. la corruption, le fer et la misère
Sur son lit de douleur torturent notre mère,
Et tu veux, Daniel, que ses nombreux enfants
Ne se soulèvent pas, pour frapper les tyrans?

DANIEL.

Non, Robert, non, crois-moi : la lutte est inutile;
Notre sang coule en vain dans un sillon stérile,
La source de l'Irlande est prête à se tarir,
Non ! tous les Irlandais ne doivent pas mourir !
Quelques hommes de plus sacrifiant leurs âmes,
Que reste-t-il alors? des enfants et des femmes...
Non ! contre un oppresseur dès qu'un peuple est armé
Il perd s'il est vaincu son titre d'opprimé,
Car, lui-même, employant la brutale puissance,
Du destin des combats doit accepter la chance;
Il a contre des fers joué sa liberté...
Esclave, par sa faute, il est déshérité
Du bien que tout mortel reçoit avec la vie :
Le droit de protester contre la tyrannie !

ROBERT.

Mais que faut-il faire?

DANIEL.

Il faudrait, selon moi,
Lutter ouvertement, protégé par la loi.

ROBERT.

Tu veux qu'au cri d'un peuple implorant la justice,
Pour la première fois un bourreau s'attendrisse?

DANIEL.

Je veux... Ecoute-moi : —

*(Un silence. Daniel semble se recueillir, puis passant
sa main sur son front, il continue ainsi, en s'animant
progressivement)* :

Prométhée enchaîné,
Est-il esclave? — Non. Il est comme il est né,
Libre. Libre toujours! car, la force insensée
Peut agir sur son corps, mais non sur sa pensée;
Sa pensée est son bien, — qui peut la lui ravir?
Il pense, — et Jupiter lui-même va pâlir!!
Me comprends-tu, mon frère? — il faut agir de même.
Enveloppons-nous bien dans notre droit suprême,
Si nos bras sont vaincus, notre âme ne l'est pas;
Luttons avec notre âme et non avec nos bras!
Et bientôt, nous verrons la brutale puissance,
Reculer de frayeur devant notre innocence! —

ROBERT.

Nos cris et nos efforts, frère, seraient perdus
Si de l'Europe entière ils n'étaient entendus...
Quel sera l'avocat de l'Irlande mourante?

DANIEL, *avec enthousiasme et conviction.*

Un homme à la poitrine et carrée et vibrante,
Qui parlera toujours et partout, sans effroi,
Jusqu'au dernier soupir, et cet homme... c'est moi !
L'Irlande toute entière est là, dans ma poitrine,
J'entends tonner ma voix de colline en colline...
Jusqu'au-delà des mers les monts sont ébranlés,
Les peuples et les rois se regardant troublés,
Se demandent pourquoi ces cris remplis d'alarmes,
De leurs yeux étonnés font ruisseler les larmes. —
Et moi, je répondrai comme un écho lointain :
Gémissez ! — c'est Abel massacré par Caïn. —
Apanage de l'homme, ô noble intelligence,
Je te voue au travail de notre indépendance !...

ROBERT.

Frère, l'esprit divin est descendu sur toi,
Ta parole a vibré dans mon âme... et, j'y croi ! —
Ta raison m'éblouit, et — je ne puis te dire,
Combien je te respecte et combien je t'admire...
Apôtre précurseur de la légalité,
Marche... Dieu te conduit ! — La sainte humanité
Attend, que de ta voix, la foudre retentisse ;
Pour comprendre ses droits et demander justice ! —

DANIEL.

Tout homme a des projets fondés sur l'avenir,
Mais ce n'est qu'au succès que l'on doit applaudir ;

Que suis-je; et qu'ai-je fait, mon frère, pour que j'ose
Me charger de plaider une pareille cause ?

ROBERT.

Les apôtres du Christ prêchant la vérité
N'étaient que des pêcheurs pris dans l'obscurité :
Leur parole *ignorante* a converti le monde....
Qu'importe le mineur quand la mine est féconde !

DANIEL.

Qu'importe l'avocat, le thème est éloquent. —
Je trouve donc enfin quelqu'un qui me comprend ?
Tu me seconderas dans cette œuvre hardie !

ROBERT, *avec désespoir, comme réveillé en sursaut.*

Je ne puis, — j'ai déjà disposé de ma vie,
Aux Irlandais-unis un serment m'a lié !!

DANIEL.

O ciel !

ROBERT.

En t'écoutant, j'avais tout oublié. —
Oui, ce chef inconnu, qui dirige et commande
Depuis bientôt un mois les enfants de l'Irlande...
C'est moi. —

DANIEL, *avec incrédulité.*

Non !!

ROBERT.

En effet, tu dois être surpris...

Souriant avec amertume :

J'ai rédigé l'arrêt qui met ma tête à prix. —
Confident des Anglais, et connaissant d'avance
Leurs projets. — J'agissais, alors en conséquence. —
A Dublin, cependant tout le monde me hait,
Hormis trois citoyens qui sont dans le secret.
Sous un masque trompeur, j'ai caché mon ouvrage.
Cette nuit, j'ai vieilli du double de mon âge.
O tourment! — je sentais battre comme un marteau
Ce cœur, qui refoulait le sang dans mon cerveau.
Un frisson douloureux parcourait tout mon être.
Mon Dieu... Combien l'aurore était lente à paraître ;
A désirer le jour mon corps s'est épuisé,
Maintenant, tu le vois, je suis faible, brisé,
De t'expliquer mon plan je n'ai plus l'énergie,
Mais... sache qu'aujourd'hui, frère, notre patrie —
L'Irlande enfin, aura par un dernier effort,
Pulvérisé ses fers, ou bien, reçu la mort ! —

DANIEL, *vivement, avec effroi.*

Qu'as-tu dit !! aujourd'hui?

ROBERT, *dans une agitation fébrile.*

Tu vois quel est mon trouble,
Le temps marche, avec lui ma souffrance redouble..

Grand Dieu!.. tant de travaux n'auraient donc abouti
Qu'à creuser un abîme où moi-même englouti
Je suivrais mon pays.—O la crainte me ronge!
Qu'ai-je fait?—Tout cela n'est peut-être qu'un songe,
Car un voile funèbre obscurcit mon regard!
Pour arrêter l'élan d'ailleurs il est trop tard...
Saint Patrik va bientôt sonner l'heure suprême,
Il faut agir, — je dois obéir à moi-même!
— Si je me suis trompé? — n'importe il faut agir!
Je le dois...

*(On entend sonner le tocsin, battre le tambour, et
gronder la multitude. — Robert prête l'oreille, pâlit et
s'écrie en serrant convulsivement la main de Daniel).*

Entends-tu? — frère, je vais mourir !

DANIEL, *avec force.*

Vas triompher, — poursuis, ton magnanime ouvrage,
Et dans ton propre cœur retrempe ton courage!
Je doutais, il est vrai, du destin des combats,
Mais alors, ô Robert! je ne concevais pas,
Que pour briser d'un coup des entraves iniques
Viendrait un citoyen digne des temps antiques! —

ROBERT, *lentement, avec tristesse.*

Tu veux me rassurer, frère... mais, c'est en vain.
Je doute du succès ; — j'y croyais ce matin,
Tu n'avais pas versé ta logique en mon âme,
Mon cœur las de plier sous un pouvoir infâme

Pour venger le passé se sentait assez fort. —
Dans ce cœur, maintenant un immense remord,
Se dresse menaçant, accusateur terrible…
Que de sang va couler pour un but impossible !
Bourdonne, ô Saint Patrik ! ton long signal de deuil,
Le pilote a conduit la barque vers l'écueil !
Il doit mourir. —

*Il s'élance vers la porte, puis tournant la tête vers
Daniel : —*

Adieu !

DANIEL, *ému.*

Frère, je vais te suivre.

ROBERT, *d'une voix solennelle.*

Au nom de ton pays… je t'ordonne de vivre !
Le jour où tu diras : Lazare, lève-toi !
L'Irlande sortira de son linceul.

Avec une émotion mal contenue.

Pour moi,
Acteur infortuné d'un drame qui s'achève,
Je meurs ! mais devant toi le rideau se relève.

Conduis à bonne fin ton terrestre labeur...
Et... *(Montrant le ciel)*.

Nous nous reverrons dans un monde meilleur.

Il sort.

NOUVEAUX ESSAIS POÉTIQUES.

LES DEUX POÈTES.

A MON AMI CHARLES VOLLÉE.

« Ami, viens avec moi, car la robe brumeuse
De l'hiver, s'évapore au souffle du printemps,
Viens, le soleil sourit, et la terre amoureuse
A reçu son baiser, viens... suis-moi dans les champs! »

« Nous verrons au réveil, la pudique nature
Orner son front charmant des plus riches bandeaux...
Viens, quittons le pavé pour fouler la verdure
Laissons-là, tout ce bruit pour le chant des oiseaux! »

« Mais pourquoi donc ainsi regarder en arrière
Quand les prés émaillés s'étendent devant toi,
Je lis quelque chagrin sous ta brune paupière...
Mon frère, qu'as-tu donc?.. souffres-tu.. réponds-moi? »

. . . .

— J'ai la fièvre. Vois-tu là-bas ce lac immense,
Ce grand lac orageux ? —
« C'est Paris. »
— C'est la France,

C'est le monde... Paris ! c'est le cerveau puissant
Qui pense. C'est le cœur qui fait mouvoir le sang.
C'est l'arène où l'on vient se disputer la gloire
Devant le tribunal des arrêts souverains,
Et quand un fort lutteur remporte une victoire
L'Europe entière bat des mains ! —

. . . .

« Frère... pourquoi parler ici de renommée ?
Pendant ce long hiver nous avons tant rêvé...
Allons... réveille-toi, le soleil est levé !
Viens, — oublions Paris, sa gloire et sa fumée. »

« Notre front a pâli sur les livres savants,
L'étude a desséché notre jeune poitrine...
Cherchons pour nous asseoir la plus haute colline
Et buvons à longs traits le souffle du printemps ! »

. . . .

— Je suis ambitieux, mon œil brûle l'espace,
Mon cœur bondit, je suis altéré d'avenir,
Mais dussé-je lutter jusqu'au dernier soupir,
Au banquet des vainqueurs, je veux prendre ma place !

. . . .

« Entends, le rossignol chante. Le ciel est pur,
Tout respire l'amour, c'est l'heure où l'on espère,
Vois ces nuages blancs qui glissent sur l'azur,
Vois ces nombreux rubis qui brillent sur la terre !

« Frère, frère entends-tu ?.. les échos du vallon
Répondent vaguement aux cloches du village.
Du divin Créateur tout prononce le nom,
Les chênes et les fleurs semblent lui rendre hommage !

. . . .

— Pourquoi ne suis-je pas poète comme toi,
Un papillon t'amuse, un sourire t'énivre,
Le présent t'appartient, tu vis, tu te sens vivre,
Et tu ne souffres pas ce que je souffre, moi.

Ta coupe, ô mon ami ! jusqu'au bord est remplie,
Trempes-y lentement ta lèvre chaque jour,
Abreuve, abreuve-toi d'allégresse et d'amour.
Frère, — bois le nectar et laisse-moi la lie ! —

A MON AMI ALPH. TEYTAUD,

Paysagiste.

FRAGMENTS.

. . . .

Les mondes gravitant dans l'azur ténébreux
Se sentent, se désirent et se cherchent entre-eux..
Dans le désert brûlant c'est le dattier stérile
Qui se meurt. — Il attend, solitaire et débile,
Que le palmier lointain confie au doux zéphir,
Un atome d'amour. — Pour renaître et fleurir !
A l'heure du reflux le sable de la rive,
Rappelle en gémissant la vague fugitive...
Et le sable, la voit lui revenir toujours,
Car, la vague est fidèle à ses premiers amours !

. . . .

La nature le veut, tout se lie et tout aime,
L'amour est un besoin nécessaire et suprême.

. . . .

La jeune fleur se livre au rayon matinal —
S'épanouit. — Répand son parfum virginal....
O comme avec langueur sa tige se balance !
Elle meurt. Mais la terre a reçu sa semence,

Sa semence, qui germe et fleurit à son tour....
C'est ainsi que partout l'existence ruisselle !
Et sans doute, c'était dans un moment d'amour,
Que l'Éternel conçut son œuvre universelle !

. . . .

Dans un moment d'amour concevez vos tableaux,
Peignez non seulement, frère, avec vos pinceaux ;
Mais joignez y le cœur et l'âme du poète...
Des passions des fleurs montrez vous l'interprète, —
Il vous faut quelque jour, en peignant leurs douleurs
Presqu'égaler Racine avec sa Phèdre en pleurs :
La rose peut avoir aussi sa tragédie ! —
Tel doit être l'effort de toute votre vie...

. . . .

BOLÉRO.

A Madame Casimir Ch.. V... X.

J'aime à voir, ô jeune fille !
Enlacés sous ta mantille,
Tes deux bras si gracieux
De ta paupière rêveuse,
J'aime la frange soyeuse
Voilant l'azur de tes yeux !

J'aime.. dois-je te le dire ?
La grâce de ton sourire,
Lorsqu'assise à ton balcon :
Tu suis avec ta prunelle,
L'inconstante demoiselle,
Le folâtre papillon !

J'aime le soir quand on danse
Esclaves de la cadence
Tes pieds foulant le gazon..
J'aime lorsque je t'invite
Ton jeune sein qui s'agite
Dans sa pudique prison !

LE VIEUX SCRIBE ET LA JEUNE FILLE.

A Madame Louise G.....

Scribe, dont l'indifférence,
Fait bouillonner tout mon sang...
Laisse là ton indolence,
Et prends ta plume à l'instant !

Réponds. — Sauras-tu comprendre,
Tout ce qu'un cœur enflammé
Peut, d'émouvant et de tendre,
Écrire à son bien-aimé ? —

Que veux-tu pour ton salaire?
Tiens... choisis dans ces bijoux,
Celui qui pourra te plaire...
Tu hésites ? — Prends les tous ! !

Vite... vite... le temps presse,
Écris... ou je vais mourir!
Le vent souffle, la mer baisse..
Le navire va partir!

Écris-lui : — Que mon visage
Se flétrit dans le chagrin,
Que pour lui, sur le rivage,
J'ai prié soir et matin?

Dis-lui : — Lorsque la tempête
Gronde et luit à l'horizon...
Oh dis-lui... que dans ma tête
Je sens pâlir la raison. ! !

Bon vieillard, je t'en supplie,
Ne cache rien de mon sort,
De cette horrible agonie
Plus horrible que la mort!

Dis-lui : — Qu'enfin je succombe
Que mon cœur n'y peut tenir...
Et s'il ne veut voir ma tombe,
Qu'il s'empresse de venir ! !

LA FIÈVRE,

BALLADE.

A Madame Amélie de Ch...b...ne.

Voici venir la nuit, ma mère...
Je vois partout la nuit venir,
Un feu dessèche ma paupière
Et je ne puis... Et je ne puis dormir !

Par un cercle de plomb ma tête est enlacée,
Mon cœur s'éteint, ma mère...Oh donne moi ta main!
Mais non, ne pleure pas, ma douleur est passée...
Je pourrai reposer, ma tête sur ton sein.

Oui, je pourrais dormir... dormir toute la vie
Bien loin... bien loin d'ici. — Dans un lieu retiré,
Sous un berceau de fleurs, au fond d'une prairie...
Où l'on ne peut sentir l'air qu'il a respiré !

A l'heure où le soleil vers l'horizon s'incline,
Un beau soir de printemps je voudrais m'assoupir ;
Et puis, sentant la brise humecter ma poitrine
Comme un soir de printemps..tout doucement mourir.

Voici venir la nuit, ma mère
Je vois partout la nuit venir,..
Un feu dessèche ma paupière
Et je ne puis, et je ne puis dormir ! !

L'ABANDON,

BALLADE.

A Madame Desbordes-Valmore.

C'était un soir que la neige tombait,
Le vent du nord sifflait dans les bruyères;
Il faisait froid .. et le sarment flamblait
Dans le foyer des plus humbles chaumières!

. . . .

« O ciel! où traîner ma douleur;
On m'a chassée, on m'a maudite,
Un froid mortel glace mon cœur,
Et je ne puis trouver un gîte.
Partout ce n'est que le mépris,
Partout chaque regard m'accable,
Mon Dieu, prends pitié de mon fils...
Le pauvre ange n'est pas coupable! »

Triste, et portant son enfant dans ses bras,
La pauvre mère errait dans les ténèbres...
Et, réveillés par le bruit de ses pas,
Les chiens poussaient des hurlements funèbres. —

C'était un soir que la neige tombait,
Le vent du nord sifflait dans les bruyères ;
Il faisait froid… et le sarment flambait
Dans le foyer des plus humbles chaumières !

« O mon doux trésor, sur mon sein ,
Réchauffe ta frêle existence.
Cache là ta petite main…
Entends-tu ? — le vent recommence ! —
Ne pleure pas, pauvre petit,
Ne pleure pas, je t'en supplie,
Ta voix dans mon cœur retentit ,
Tes cris vont m'arracher la vie ! »

De plus en plus le ciel devenait noir ,
Et sans pitié la terrible rafale,
Venait couvrir ses cris de désespoir
Et le briser sur son visage pâle.

C'était un soir que la neige tombait,
Le vent du nord sifflait dans les bruyères ;
Il faisait froid et le sarment flambait
Dans le foyer des plus humbles chaumières !

« Bien… bien… le pauvre enfant s'endort.
Mais — je n'entends plus son haleine…
Mon Dieu ! mon Dieu !! mon fils est mort,
Mon fils est mort. — Justice humaine !!
O pleurs ! coulez sur mon enfant,
Pleurs brûlants, faites-le revivre…
Mais non, — l'hiver est dans mon sang…
Mes yeux ne pleurent que du givre ! »

Cédant alors à ses pieds engourdis,
Elle tomba sur la tèrre glacée,
Et puis, baisant les lèvres de son fils :
Elle attendit. — Dieu comprit sa pensée ! —

C'était un soir que la neige tombait,
Le vent du nord sifflait dans les bruyères;
Il faisait froid et le sarment flambait,
Dans le foyer des plus humbles chaumières!!

LA JUSTICE DIVINE.

———◦◦———

A M. le baron de Lamothe-Langon.

« Du haut de ta splendeur... O Dieu plein de clémence,
Ecoute mes sanglots, — contemple ma souffrance ! »

— Qui me trouble ? — Quel est ce cri de désespoir
Qui monte à ma pensée et ne peut l'émouvoir ? —

« C'est l'Espagne, — autrefois si puissante et si belle,
Aujourd'hui mendiante... O Dieu !.. pitié pour elle ! »

— Demande à ces héros dont tu portes le deuil
D'où te venait cet or qui faisait ton orgueil. —

«Mais tu le vois, mon Dieu !.. Mon flanc maigre et livide
Saigne depuis longtemps. — Sauve-moi du suicide ! »

— Le sang américain est-il donc effacé ?
Souffre, peuple maudit !.. souffre pour ton passé !!

L'ILLUSION.

A M. Emile Deschamps.

Omnia pontus erant : deerant quoque littora ponto.
OVIDE.

O douce illusion ! chaste et naïve flamme,
Tu veux donc pour toujours t'exiler de mon âme...
O sylphide inconstante, au sourire vermeil,
Qui venais effeuiller des fleurs sur mon sommeil,
Tu me fuis ! — et sans toi, sur cette froide terre,
Il faut donc achever mon passage éphémère.
Reviens ! — Dis-moi pourquoi, lorsque l'aube paraît,
Je ne te trouve plus assise à mon chevet ?
Jadis, lorsqu'avec moi tu marchais dans la vie,
Tout mon être aspirait des flots de poésie,
Je parcourais les bois, je gravissais les monts,
L'espace tout entier dilatait mes poumons !

L'arbre vivait alors. — La source fugitive
Ravissait de ses chants mon oreille attentive...
A l'église j'allais écouter chaque fois
L'orgue majestueux avec sa grande voix...
C'était Dieu qui parlait à mon âme ravie !
Et lorsque dans la foule une figure amie,
Une vierge, un enfant, de loin m'avait souri ;
Je rentrais, l'œil humide et le cœur attendri. —
Tu veux donc pour toujours t'exiler de mon âme,
O douce illusion... chaste et naïve flamme ?

. . . .

. . . .

Combien j'étais heureux. Le sein ivre d'ardeur,
Je voguais vers le port ; et, mirage trompeur !
Il fuyait au moment où je croyais l'atteindre...
Qu'importe ! — Je ramais, je ramais, sans me plaindre,
On est fort à vingt ans, et les bras sont nerveux !
Perçant l'Ether profond de l'azur ténébreux
Mon regard avait vu scintiller mon étoile ;
Les zéphirs complaisants arrondissaient ma voile —
Ma barque sur la mer voguait nonchalamment
Et mes yeux fascinés croyaient que — par moment —
Mille enfants curieux, sortis du sein des ondes,
Soulevaient pour me voir leurs belles têtes blondes !

. . . .

. . . .

Combien mes compagnons de voyage étaient beaux !
Leur essaim gracieux folâtrait sur les eaux —
Ma barque ayait d'abord l'espérance pour guide
A gauche était l'amour, arrogant et timide,
A droite l'amitié suivait en hésitant

Et puis venait l'étude au regard consolant
Sur ma tête planait la croyance immortelle...
Puis — que sais-je? O combien mon escorte était belle!

. . . .

. . . .

Ivre de confiance et mollement bercé
Glissant vers l'avenir j'oubliais le passé,
J'écoutais de l'amour les douces causeries,
Mes yeux voilés au jour, ouverts aux rêveries.
Savouraient les attraits d'une jeune beauté
Qui s'était dans ma barque assise à mon côté,
Noblement se drapait sa longue robe blanche
Sur son corps gracieux, sur le pli de sa hanche
Un petit pied charmant, de la couleur du lait,
Aux beaux ongles rosés, nu, tout nu se montrait...
Et de ses longs cheveux les cascades d'ébène
Ondoyaient et flottaient sous l'amoureuse haleine
De l'humide océan. — Et moi, j'étais heureux !
Soudain un cri d'effroi me fit ouvrir les yeux:
Elle n'était plus là. L'amour, l'amour perfide,
Fatigué de nager dans l'élément liquide
Sans rien dire, au moment où je comptais sur lui,
Aux régions de l'air, l'ingrat s'était enfui !

. . . .

. . . .

Pour calmer mon chagrin et mon inquiétude
Alors auprès de moi je fis asseoir l'étude;
Mais pour un cœur ému par un récent amour
L'étude a le front pâle et le langage lourd,
Son raisonnement sec vous glace et vous oppresse,
Je refusai ma lèvre à sa froide caresse...

Étonnée, et levant la tête avec dédain :
« Quand tu m'appelleras, tu le feras en vain
Dit-elle, adieu, je pars... O rapide nuage
Si le but de ton vol est un lointain rivage
Emporte, emporte moi ! — » L'élastique vapeur
Descendit. Sur son dos, l'étude au front rêveur
S'assit. — Et remontant tous les deux dans l'espace,
Ils partirent, ainsi qu'un songe qui s'efface !

. . . .

. . . .

C'est ainsi que bientôt je vis s'évanouir
Tous mes beaux compagnons; un seul ne put me fuir,
C'est toi, douce amitié, toi ; dont la voix sévère,
Me rappelait les jours de l'enfance première;
« Frère, pourquoi, ramer, l'avenir ne vient pas,
Il en est temps, ami, retournons sur nos pas
Et nous verrons encor le bonheur nous sourire. » —
Elle avait bien raison, mais j'étais en délire
Je fermai mon oreille à ce discours prudent
Et je continuai de ramer comme avant...
Tournant alors vers moi son œil plein de tristesse :
« Adieu, dit-elle, adieu, la force me délaisse
Dans ce linceul mouvant je vais m'ensevelir
O frère, ajouta-t-elle avec un long soupir,
Puisses-tu... » mais le flot couvrit son agonie
Et je me trouvai seul sur la route infinie !

. . . .

. . . .

Mais hélas, devant moi, la sombre immensité
S'élargissait toujours... et mon œil attristé
Interrogeait au loin l'horizon sans rivage...

La mer.. toujours la mer! — Je sentis mon courage
S'énerver lentement. Je vis le ciel si pur,
Déchirer par lambeaux sa tunique d'azur ;
La vague si timide (aux belles têtes blondes !)
Je la vis s'irriter sur ses bases profondes,
Fangeuse, se dresser, et puis, contre un rescif,
Brusquement, sans pitié briser mon frêle esquif!

. . . .

. . . .

Immobile aujourd'hui, sur mon roc solitaire
Les yeux noyés de pleurs j'appelle en vain la terre,
O larmes ! O soupirs ! O regrets superflus !
Le lieu de mon départ je ne le verrai plus.

. . . .

. . . .

Et vous, que la nature abreuve d'harmonie,
Enfants,.. dont l'âme à peine est éclose à la vie
Fuyez l'illusion, la syrène aux doux yeux,
Ne la suivez jamais dans l'avenir douteux...
C'est la plage déserte où rugissant de joie
La hideuse beauté vient étouffer sa proie ;
Après quoi s'en allant, la cruelle qu'elle est,
Abandonne votre âme en pâture au regret!

A M. DE LAMARTINE,

EN LUI ENVOYANT UN EXEMPLAIRE DU NYCTALOPE.

Il n'est qu'un seul pouvoir , c'est celui du génie,
    C'est un empire glorieux
Dont le trône est trop haut pour exciter l'envie
Sa base est sur la terre et son sommet aux cieux.

Ce trône, il est à toi. Par nulle autre éclipsée
Ta gloire nous innonde et nous emplit le cœur ;
Et je viens à tes pieds grand roi de la pensée,
Moi, ton humble vassal déposer mon labeur.

    L'harmonie est ta souveraine
    La poésie est ton domaine

Les poètes sont tes sujets..
Oh ! par tes genoux que j'embrasse
Accorde-moi le droit de chasse,
Noble seigneur, dans tes forêts !

LE POÈTE ET LE SPÉCULATEUR [1].

DIALOGUE.

A M. HYP. ROLLE.

UNE RUE.

LE POÈTE, *apercevant de loin un ami de collége.*

De ce visage-là j'ai quelque souvenance,

LE SPÉCULATEUR, *s'avançant.*

C'est toi?

LE POÈTE.

C'est moi.

(1) Ce dialogue et les trois pièces qui suivent revus et corrigés
par l'auteur, sont extraits du *Nyctalope.*

LE SPÉCULATEUR.

C'est lui, ce cher ami d'enfance ! —
Je ne me souviens plus de ton nom... C'est égal ;
Comment vas-tu, mon cher ?

LE POÈTE.

Pas mal ; et toi ?

LE SPÉCULATEUR.

Pas mal ! —

LE POÈTE.

Toujours petit et gros...

LE SPÉCULATEUR, *le toisant.*

Toujours grand, toujours mince ;

LE POÈTE.

Du reste, pas changé ?

LE SPÉCULATEUR, *caressant son menton avec orgueil.*

Si... ma barbe ?

LE POÈTE, *l'admirant.*

Quel prince !..
Décoré !.. Que fais-tu ? —

LE SPÉCULATEUR, *avec emphase.*

Je suis spéculateur! —
Et toi, que fais-tu donc? —

LE POÈTE, *tout honteux.*

Ah! moi... je suis auteur,

LE SPÉCULATEUR, *lorgnant l'habit râpé du poète.*

J'aurais dû m'en douter! Auteur... de quelle espèce?
Il en pleut, des auteurs; la foule en est épaisse;
Elle inonde Paris, et d'abord nous avons
Les auteurs de journaux, et puis de feuilletons,
Les auteurs de chansons, de rébus, d'épigrammes,
Les grands entrepreneurs de drames', mélodrames,
Les écrivains publics, auteurs de compliments,
Les auteurs d'almanachs, les auteurs de romans,
Les auteurs parsemeurs de bruits télégraphiques,
Les collaborateurs, les auteurs de critiques,
Les auteurs de projets pour régir l'univers...
Et puis les rimailleurs ou les auteurs de vers.

LE POÈTE. *piteusement.*

Je suis auteur de vers, autrement dit, poète.

LE SPÉCULATEUR, *reculant avec effroi.*

Des vers! tu fais des vers!!! où donc as-tu la tête?
Je t'avais pris d'abord pour un garçon d'esprit...
Des vers!!!

LE POÈTE.

Chacun en fait?

LE SPÉCULATEUR.

Mais personne n'en lit ! —
Et si chacun en fait, c'est pour son propre usage ;
On s'admire tout seul. — Quelle diable de rage
Vient te prendre ? — Des vers !!! Mais, dans ce siècle-ci,
C'est démonétisé, mon cher. Moi, que voici,
J'en ai fait, et beaucoup, même un nombre innombrable.
J'ai même fait paraître un poème admirable...
Mais chut ! parlons plus bas : si l'on s'en aperçoit,
Tout le monde à l'instant va nous montrer au doigt.
Tiens, tiens, vois-tu déjà comme l'on nous regarde ?
Des vers ! — Ah ! mon ami, de grâce, prenons garde :
Nous sommes compromis !

Ayant attiré l'auteur dans un endroit écarté, il ajoute d'une voix
sombre.

Mon cher, si tu savais
En griffonnant des vers le, tort que tu te fais,
Tu briserais bientôt et ta plume et ta lyre...
Tu couperais ton poing pour ne plus en écrire !

LE POÈTE.

Ainsi donc, selon toi, dans ce siècle pervers,
C'est un crime bien grand que de faire des vers ?

LE SPÉCULATEUR.

Un crime ! — c'est bien pis, c'est une épidémie
Que tout le monde fuit. Pas une main amie,
Pour vous donner du cœur, ne vous serre la main ;
On vous laisse tout seul, inquiet, incertain,
Moderne paria, dans une ville immense,
Il faut à l'hôpital traîner son indigence !...
— C'est votre faute aussi : de quoi vous mêlez-vous ?
Vous devez bien sentir que vous êtes des fous
De venir nous chanter, dans le siècle où nous sommes,
Que le vice orgueilleux mine le cœur des hommes ;
Que jadis on avait bien plus de charité,
Et qu'il est quelque part une Divinité ;
Et puis, vous vous donnez la moderne licence
De venir fureter dans notre conscience,
Et vous allez partout, tambouriner bien haut,
Que nous n'avons pas fait fortune comme il faut ;
Que depuis trop longtemps la même chose dure ;
Que la veuve gémit, que l'orphelin murmure,
Et que le peuple a faim quand nous nous amusons...
Eh morbleu ! — tout cela, c'est de belles raisons
Qu'au poète aujourd'hui l'on ne pardonne guère ;
Aussi ne lit-on pas ce qu'il aurait dû taire...
Et pour qu'il ne soit plus gênant à l'avenir,
S'il ne veut pas se taire... on le laisse mourir.

LE POÈTE.

Tu penses donc, ami, par l'échelle commune,
Qu'il vaudrait mieux cent fois *descendre à la fortune?*

L'AMI.

Q ue dis-tu? — Mille fois, quatre-vingt mille fois! —
C'est l'argent aujourd'hui qui nous donne des lois;
Sur chacun il étale son large despotisme,
Son code est l'intérêt, son conseil l'égoïsme;
On n'a point contre lui de sinistres projets;
Il est sûr de l'amour de ses nombreux sujets.
Ses soldats sont partout, ses vaisseaux couvrent l'onde,
Et l'on entend sa voix jusques au bout du monde!
— Sois riche, et tu sauras savourer mes raisons.
Pour gagner de l'argent tous les moyens sont bons;
L'argent, c'est là le but, le seul but de la vie!
Avec l'argent, mon cher, on passe son envie;
Quoiqu'on puisse vouloir, on l'a. Regarde-moi :
J'étais jeune et candide, et pensais comme toi;
J'étais poète aussi, je lançais feux et flamme
Sur les iniquités de cette époque infâme;
Ils étaient beaux, mes vers; mes vers étaient fort beaux:
Eh bien! ce résultat de cinq ans de travaux
M'a triomphalement conduit à la misère;
Toute l'édition ronfle chez mon libraire.
Pour me faire imprimer, j'ai donné, pauvre fou!
Tout ce qui me restait, jusqu'à mon dernier sou;
Et quand je me suis vu seul, tout seul, sans ressource,
Comme Chodruc-Duclos alors j'ai pris ma course,
Marchant sur mes talons, frileusement vêtu
D'un sombre paletot, tout râpé de vertu!
Si bien qu'en me voyant, lorsque j'étais trop proche,
Bien des gens s'empressaient de protéger leur poche

Mes amis d'autrefois, quand j'avançais vers eux,
Sifflaient d'un air distrait en détournant les yeux. —
Ah! s'il n'avait quitté son métier de poëte,
Aujourd'hui ton ami ne serait qu'un squelette
Pendu dans l'atelier de quelque carabin. —
Mais fort heureusement j'ai bien fait mon chemin :
Je suis spéculateur et je roule équipage ;
Je vois se découvrir les fronts sur mon passage ;
Ainsi qu'un empereur j'ai mille courtisans,
Et des femmes... partout... les regards agaçants
Semblent me défier, me poursuivre sans cesse ;
Je nage dans des flots de joie et d'allégresse ;
J'ai des amis, mon cher, des amis... Il m'en pleut,
Au faubourg Saint-Germain tout le monde me veut...
Et bientôt — parlons bas — j'épouserai la fille
Unique, qui plus est, d'une noble famille ;
Mais un arrêt est mis à l'hymen projeté...
On veut absolument que je sois député :
Ils me feront nommer la cession prochaine ;
Alors j'épouserai la jeune châtelaine.
Tu vois avec l'argent, mon cher, comme on va loin.
Je t'aime ; écoute-moi, sors de ton petit coin,
Et je te pousserai. Mon ami, je t'en prie,
Dépoétise-toi, si tu tiens à la vie ! —

LE POËTE.

Je n'y tiens pas ; — je veux combattre jusqu'au bout.
Puis-je calmer le sang qui dans mes veines bout ?
Au plus grand des malheurs, ami, mon âme est prête :

Celui qui craint la mort ne fut jamais poète,
De même que celui qui, défendant l'État,
Fuit devant l'ennemi, ne fut jamais soldat.
Quand la vérité luit, le mensonge recule :
Je veux chanter le Christ dans ce siècle incrédule,
Je veux au criminel inspirer le remord,
Au riche avare et dur je veux montrer la mort...
Je sens-là, oui, je sens dans ma tête souffrante,
Comme une mission qui brûle et qui fermente. —
Oh ! oui, je veux lutter jusqu'au dernier moment,
Et si je meurs, eh bien ! je mourrai noblement ! —

LE SPÉCULATEUR, *levant les épaules.*

Ils disent tous cela. — Lorsque j'étais poète,
Je le disais aussi ; mon Dieu, que j'étais bête !
Ecoute, mon ami.: je te donne trois mois
Pour être encor poète et souffler dans tes doigts.
Après ce temps, vois-tu, je parierais ma vie,
Et j'y tiens, que pour toi la sainte poésie
Ne sera plus qu'un mot dont toi-même riras.
C'est moi qui te le dis. Tu verras... tu verras !

LE POÈTE.

J'ai déjà bien souffert, je veux souffrir encore ;
Je sens que la douleur chaque jour me dévore ;
Méconnu de tous ceux que j'aimais tendrement,
Je cherche un ami vrai ; mais c'est en vain :—Tout ment,
Dans les cœurs rien ne bat,—dans les yeux rien ne brille
L'isolement me suit jusque dans ma famille...

Ils ont honte de moi... quand un souffle de Dieu
Fait tressaillir mon âme et met ma tête en feu ! —
Ils ont honte de moi... Quand pâle d'insomnie,
Dans la fièvre de l'art je consume ma vie ! —
Ils ont honte de moi... car mon crime est bien grand :
Par moi leur nom pouvait sortir de son néant ! —
Oh ! travailler ainsi, travailler pour soi-même,
Seul, tout seul, sans ami, sans quelqu'un qui vous aime !
Qui vous dise : C'est bien, travaille avec ardeur,
Et je partagerai ta joie ou ta douleur...
C'est affreux, c'est affreux. — Eh bien, je continue
A gravir jusqu'au bout cette colline ardue ;
La fatigue m'attend tout le long du chemin ;
J'aurai pour compagnons et la soif et la faim,
Le sourire des sots, leur stupide ironie...
Que m'importe, après tout ? — La vénéneuse ortie
N'a jamais arrêté le pas du voyageur.
Si j'arrive... tant mieux ; — ou bien si, par malheur,
Je dois auprès du but voir ma muse s'éteindre,
Ne laissant après moi personne pour me plaindre,
Personne pour pleurer... je mourrai sans regret,
Mon âme montera là-haut telle qu'elle est,
Traversant des élus la troupe agenouillée,
Heureuse d'apporter sa robe non souillée,
Blanche encor de pudeur et de virginité,
Devant le trône saint de la Divinité ! —

L'AMI, *riant aux éclats.*

C'est fort beau, mais...

LE POÈTE.

Tais-toi, laisse-moi ma croyance;
Le siècle, je le sais, est plein d'indifférence;
Il vit selon la chair et non selon l'esprit;
Il rirait s'il savait tout ce que je t'ai dit...
Adieu, je ne veux pas discuter davantage;
Ton argent, je le vois, comme un épais nuage
Obscurcit ta raison; la chaste vérité
Ne peut plus en ton cœur jeter quelque clarté.
Adieu! —

L'AMI, *d'un ton solennel, étendant les bras sur la tête
du poète qui s'éloigne.*

De mes conseils aujourd'hui tu t'amuses,
Malheureux! —je te voue aux fureurs des neuf Muses.
Puisqu'ainsi tu te ris des faveurs de Plutus,
Puisses-tu, poursuivi par l'affreux hiatus,
L'œil morne, le front pâle et la face altérée,
Mourir à l'Hôtel-Dieu, d'une rime rentrée?

LA LECTURE D'UN DRAME.

ÉPISODE.

FRAGMENT D'UNE LETTRE A MA SOEUR.

J'ai reçu l'autre jour ta lettre, ô Léontine !
Et ce que tu me dis m'étonne et me chagrine...
. . . . , ...
. . . .
. . . .
. . . . . . , ...
Mais, laissons pour l'instant ce sujet de côté. —
—Tiens — je vais te parler avec sincérité,
Je veux te raconter une bien triste histoire,
Triste, triste à tel point, que c'est à n'y pas croire.
Ecoute...

      L'autre jour, ou plutôt l'autre soir,
Je venais de dîner ; — l'horzion était noir ;
Et semblable au rentier à l'heure qu'il digère,
Je m'en allais.. sans but — broyant, pour me distraire,
Un pauvre cure-dent qui toujours se tordait
Et semblait me crier : — Mais que t'ai-je donc fait?—

Le vent bituminé levait ma chevelure,
Et folâtrait gaîment. — J'admirais la nature
Dans ce noble Paris, où de très loin on voit
Sur de hautes maisons s'élever toit sur toit. —
Voluptueusement le ruisseau qui serpente
Vers l'antre souterrain suivait sa douce pente ;
Le *candide* maçon, effleurant mes habits,
En sifflant *Ginevra* regagnait son logis ;
Et le doux bonnetier, au seuil de sa boutiqne,
A sa chaste moitié roucoulait politique.
L'on allumait le gaz ; tout allait, tout venait,
Fumait, riait, chantait ; — et déjà résonnait,
Du marchand de coco la clochette argentine ;
Et moi je me disais au fond de ma poitrine :
— Oh ! que je suis heureux ! et qu'un cœur inspiré
Se trouve bien à l'aise *en ce lieu retiré !*—

Je murmurais ces mots et j'accordais ma lyre,
Lorsque derrière moi je crus entendre rire.
Je regarde, et je vois quatre beaux jeunes gens,
Et tous de mes amis ; donc, de très bons enfants.

« Ah ! ah ! — me dit l'un d'eux,—te voilà donc, poëte !
Poëte ? — répondis-je, ah bah !.. *fais donc ta tête...*
Reprit-il noblement — je ne te comprends pas
Ajoutai-je en voulant retourner sur mes pas
Et m'esquiver.— Pourquoi nous en faire un mystère,
Poursuivit l'orateur, crois-tu que, solitaire,
Le mérite soit fait pour rester inconnu ?
Va, va, nous savons tout, et sois le bien-venu !
Car j'aperçois, je crois, certaine tragédie
Qui dans ton mackintosh se désole et s'ennuie.

Va, sitôt que par nous tu seras écouté,
Ton nom prendra son vol vers l'immortalité. —
Viens chez moi nous la lire, et nous boirons sans crime
Du vieux rhum, en fumant la pipe de l'estime. — ›

J'accepte. A son *chez lui* me voici gravissant,
Cinq étages, ma foi. — J'en aurais monté cent! —
Diable... quatre auditeurs, ce qui fait huit oreilles,
Pour écouter mes vers, savourer mes merveilles! —
Plus je montais, et plus je voyais l'avenir,
Ainsi que l'escalier s'allonger et grandir.
Enfin nous arrivons. — Le verre d'eau sucrée
S'installe devant moi; la pipe est préparée,
Et chacun, la bourrant de tabac *caporal*,
L'alume et me disant sur un ton doctoral
Commence, l'on t'écoute.

                    Aussitôt je commence
Au milieu du plus calme et du plus profond silence.
Je prends ma basse-taille, et, grossissant ma voix,
Je fais rugir mon traître au milieu d'un grand bois.—
Je ne m'arrête pas — j'ordonne, je supplie —
J'assassine l'amant. — Je parle bas, je crie —
Deux fontaines de pleurs s'échappent de mes yeux
Et de mes propres mains j'arrache mes cheveux —
Je me sens enroué quand le tyran succombe; —
La voix va me manquer... Enfin, la toile tombe! —
Devant mes spectateurs mon front reste ridé;
Je n'ose souffler mot; je suis persuadé
De tomber dans mes bras qu'ils meurent tous d'envie....

Je contemple, — rêveur, — le feu par modestie.—
Sur mon public enfin je lève un peu les yeux.....
Mes quatre amis dormaient du sommeil des heureux!!!

— J'ai beaucoup voyagé, mais jamais, sur mon âme!
En entendant gémir cinq actes d'un long drame
Aux théâtres français, aux théâtres chinois,
Aux théâtres flamands, aux théâtres danois,
Aux théâtres de Londre, aux théâtres de Rome...
Je n'avais vu dormir encor d'un pareil somme! —
Les ingrats! — Je partis et je vis l'avenir,
Ainsi que l'escalier soudain se raccourcir !

Et je disais alors : O vanités humaines ! —
Travaille donc, mortel! — Donne-toi bien des peines
Pour enfanter une œuvre en quatre mille vers,
Qui, selon toi, devait étonner l'univers,
Et qui de quatre amis, même pendant une heure,
N'a pu tenir l'esprit éveillé! — Que je meure
S'il m'arrive jamais de lire un manuscrit...
De moi surtout. —

   Voilà, ma sœur, l'affreux récit.
Aussi depuis ce jour mon cœur est fort malade,
Les soucis réunis montent à l'escalade;
Et pour le préserver de toute invasion
Il aurait besoin de fortification.
Pour calmer le combat qui dans lui se prépare,

D'un long memorandum... oh! ne sois pas avare! —
Écris-moi, bonne sœur ; remplis bien du papier.
Je t'embrasse...

Ton frére. Adieu.

Jules COURNIER.

SOUVENIR.

A MADAME ANNA E... B...E.

Un soir je revenais par le poudreux chemin ;
Je m'étais égaré, mon livre dans la main,
Dans un bois où jamais la chaleur ne pénètre.
Le soleil à l'instant venait de disparaître ;
Par de beaux reflets d'or il faisait ses adieux
Aux nuages épars qui flottaient dans les cieux ;
D'un zéphir embaumé la fraîcheur bienfaisante
Remplaçait de ce jour la chaleur étouffante ;
Sous les grands marronniers, une troupe d'enfants
Faisait retentir l'air de ses cris éclatants.
Pensif, je m'arrêtai.

           Sur un banc solitaire
J'aperçus un vieillard ; son front sexagénaire
Semblait s'épanouir à l'aspect de leurs jeux ;
Ainsi que ces enfants il paraissait heureux.
Son œil, surtout fixé sur une jeune fille,
La regardait courant le long de la charmille ;
Lorsqu'elle s'arrêtait pour effeuiller des fleurs,
Il riait de sa joie et pleurait de ses pleurs.

Lorsque la pauvre enfant, effrayée et chagrine.
S'en revenait le doigt piqué par une épine :
— Viens ici, mon enfant, lui disait le vieillard ;
Viens, je vais te guérir. — Et l'enfant, sans retard,
Auprès de ce vieillard qui l'appelait du geste,
Comme vers un sauveur s'élançait vive et leste.
Et moi, je regardais le vieillard et l'enfant.
Celui-là, la tenait, et d'un air triomphant,
Pressurant de son doigt la goutte purpurine,
Il disait : — Nous battrons cette vilaine épine ! —
Et faisant de gros yeux à la traîtreuse fleur,
L'enfant montrait déjà son petit poing vengeur. —

LE PETIT PAGE ET LA BELLE DAME.

A M. Poisson.

« Petit page à l'œil mutin,
Dis-moi pourquoi le matin
Tu viens toujours prendre place
    Sur ma terrasse »

— Si je viens sur ta terrasse,
Belle dame, prendre place...
J'y viens du matin au soir
    Te voir ! — »

« Dis-moi beau page à l'œil noir,
A l'église chaque soir
Pourquoi ta voix quand je chante
        Est si tremblante ?

— C'est que vois-tu quand tu chantes,
Belle Dame, tu m'enchantes !
Je savoure chaque fois
        Ta voix ! — »

« Petit page à l'œil sournois
Tu soupires quand parfois
Auprès de l'autel je prie
        Sainte Marie ?

— C'est que, Dame si jolie,
C'est qu'alors Sainte Marie
Semble écouter dans les cieux
        Mes vœux ! — »

L'on dit que le même soir
La belle dame vint voir
Le beau page prenant place
        Sur la terrasse.

A l'église quand on chante
Que leur voix était tremblante
Et qu'ils se parlaient tous deux
        Des yeux ! —

Et qu'assis à côté d'eux
Le vieux mari soupçonneux
Remarqua le beau visage
    Du petit page...

Le matin sur la terrasse
Personne, hélas ! ne prit place...
La dame en voyant cela
    Pleura ! —

LETTRES ET CRITIQUES

RELATIVES AU NYCTALOPE.

LETTRES ET CRITIQUES

Monsieur ,

Je voudrais vous dire en beaux vers, ma reconnaissance et mon plaisir en lisant les vôtres ;
mais la politique fatigue la main, et le cœur seul
reste poète. Je suis heureux quand je vois surgir
des talents comme le vôtre pour l'avenir, et plus
heureux quand je retrouve en eux, pour moi leur
devancier, un peu de ces sentiments fraternels que
vous voulez bien me témoigner.

Recevez-en l'assurance,

ainsi que celle de ma haute considération ;

LAMARTINE.

Monsieur,

J'avais dit toute ma pensée sur vous à madame L...
B..., et je l'ai répétée à M. Dumont, dans toute la
vérité de mes premières impressions.

Je ne crois pas, Monsieur, qu'il vous importe de
savoir que je vous reconnais infiniment de talent, et
je n'aurais pas la hardiesse d'émettre mon opinion,
si je n'avais à cœur de vous remercier vivement de
votre envoi, dont je comprends toute la poétique
valeur. J'ai fait ce que j'ai dû en écrivant aussitôt
à M. Sainte-Beuve, qui saura bien distinguer tout
seul son nouveau frère.

Je dois aussi vous dire que mon mari est très
désireux de voir jouer à l'Odéon, ce drame tout-à-
fait à part les autres, et qu'il avait déjà apprécié il
y a je crois un an ; mais il est bien délicat à poser
en scène. C'est comme un vase d'albâtre, tout à l'antique : au reste, Monsieur, vous en causerez ensemble ; il est à vous ;

Et moi,

votre très-humble servante,

Madame VALMORE.

Octobre 1842.

Ce lundi 7 novembre 1842.

Monsieur,

J'ai à vous remercier du volume de *Poésies* que vous m'avez fait l'honneur de m'envoyer et de la lettre obligeante qui l'accompagne. Je trouve dans votre volume plus d'un accent naturel et généreux. Madame Valmore me signale le petit drame qui termine et que je trouve comme elle, attachant et passionné. Vous paraissez désirer, Monsieur, que j'exprime mon avis sur votre publication ; il fut un temps où ce m'eût été facile, parce que je suivais alors ce genre de critique beaucoup plus que je n'ai fait depuis. J'en suis même arrivé à n'être plus attaché réellement à aucun organe de publicité.

Il faut cette circonstance, Monsieur, pour que je ne me prête pas à un désir qui ne peut être qu'infiniment flatteur pour moi.

Recevez, je vous en prie,

l'expression de mes sentiments distingués,

SAINTE-BEUVE.

Monsieur,

J'ai autant de félicitations que de remerciements à vous adresser. J'ai lu avec un vif intérêt votre beau volume de *Poésies* ; j'y ai reconnu l'âme du poète l'inspiration toujours, et le talent de l'artiste bien souvent. Votre *Dialogue Historique* est étincelant de verve et rempli de tristes vérités. — Votre drame *le Doute et la Croyance* est une composition très remarquable et fort originale en restant convenable et belle. — *Charles-Quint* est une page sévère et grandiose, et le livre est semé de choses touchantes et douces.

Je vous ai dit que le talent de l'artiste y était souvent, ce qui fait regretter qu'il n'y soit pas toujours. Permettez-moi de vous dire que vos rimes, la plupart du temps riches et pittoresques, sont quelquefois négligées et insuffisantes, et la rime est la suprême grâce de votre vers; vous faites rimer des épithètes et des verbes ensemble et pauvrement dans quelques endroits; puis, page 44 *voix* avec *toi*; ce qui n'est pas une rime, l'x s'y oppose.

Le vers doit être porté à sa perfection possible pour rester et vivre. Vous en avez le secret, Monsieur, au plus haut degré. Et il ne faut qu'être toujours ce que vous êtes souvent, et ressembler continuellement à vous même; la forme *seule* n'est rien, mais il n'est rien sans elle. Ce n'est pas le nombre de vers, mais leur perfection qui classe un poète; on vit par deux cents vers et l'on meurt sur vingt-mille.

Vous êtes de ceux qui doivent vivre, Monsieur, et voilà pourquoi je me hasarde à vous parler ainsi. Vous possédez la langue poétique, et vous avez le

souffle inspiré. Travaillez et soignez toutes les parties
de l'art, et votre nom aura une belle place parmi les
noms de l'époque ; mais, croyez-moi, plus de négligences, la palme est à ce prix.

J'aimerais davantage encore, si cela était possible,
notre ami Charles Vollée, à qui je dois votre si pré-
cieuse attention. Il est lui-même poète et homme de
beaucoup d'esprit ; Je ne m'étonne pas de sa sympathie si vive pour vous.

J'y joins la mienne, Monsieur,

avec les sentiments les plus distingués,
de votre tout dévoué,

ÉMILE DESCHAMPS.

Mon cher Cournier,

J'ai lu avec le plus grand intérêt ce recueil de vos
Essais poétiques. Mes critiques très indignes en sont
la preuve. Aussi vous les communiquai-je, non pas
pour vous redresser, (un poète en sait plus long
qu'un amateur), mais pour que vous sachiez que je
vous désire la perfection sans laquelle il n'y a pas
de vrai succès.

Vous avez prouvé le mouvement en marchant :
vous êtes poète. Mais il faut travailler sur nouveaux
frais, comme si vous en étiez à vos débuts car

saufun petit nombre de pièces, on sent dans vos œuvres l'inexpérience du novice.

Racine après la *Thébaïde* et même *l'Alexandre*, refit son éducation poétique, et il en vint jusqu'à *l'Athalie*, de laquelle Voltaire disait qu'il n'y avait à dire qu'admirable, et cela, pour chaque vers.

Lisez, méditez, comparez, écrivez : soyez impitoyable pour vous-même : défiez-vous de la facilité bonne pour un premier jet, mauvaise pour une composition définitive. Défiez-vous de vous-même; attendez pour vous relire que vous soyez refroidi. Défiez-vous surtout des louangeurs sur une œuvre inédite; tel tableau brille dans l'ombre de l'atelier qui s'éteint au grand jour de l'exposition.

Ne faites rien, ni contre la grammaire, ni contre la dure règle de la versification. Les mauvais exemples sont communs de nos jours. Raidissez-vous contre leur influence. Pensez en moderne, écrivez en ancien.

Neuf de pensée, antique d'expression, serait selon moi, le comble de la perfection.

Je vous souhaite du meilleur de mon cœur, une bonne place dans le chœur des poètes.

Votre dévoué,

P*

Il y a de l'inexpérience encore dans le volume de vers de M. Marie Cournier, le *Nyctalope*, quelque fois la forme est molle, les contours de dessins ne sont pas assez arrêtés; l'énergie n'est pas encore venue, et partant, l'originalité; mais ce volume promet pourtant un poète de plus , un vrai poète. Il promet disons-nous, et vraiment c'est trop de sévérité ; nombre de pièces de ce recueil accusent déjà, un talent mûri qui connait toutes les fiuesses de la forme et qui a l'inspiration. Ces poésies n'ont pas toutes la même date à coup sûr. Les unes touchent encore à l'adolescence ; ce temps des reminiscences, des images vulgaires ; on pourrait dire pour celles-ci au jeune poète, que les idées y sont *revêtues des plumes de différents oiseaux,* comme le dit Horace à Lison. Mais à côté de ces ressouvenirs, de vraie et loyale poésie, de la souplesse dans le vers, une libre et franche allure, beaucoup d'espoir et plus que de l'espoir, de belles inspirations dites en beaux vers!

France Littéraire, (année 1842, page 221.)

Un recueil de poésies publiées récemment sous ce titre : *Le Nyctalope,* mérite d'être distingué de la foule des publications qui n'attestent sous une forme ambitieuse que la précocité de l'orgueil et non celle du talent. L'auteur du *Nyctalope,* M. Cournier, possède des qualités aimables, que le temps pourra féconder et mûrir, si la patience et la réflexion viennent en aide à sa jeune muse. Il n'est si précieux germe qui ne puisse gagner encore à une culture attentive et savante; mais c'est surtout à l'auteur du *Nyctalope* que nous rappellerons l'importance de ce précepte, trop méconnu en ces temps de hâtive et facile production. Il y a dans le *Nyctalope*, plusieurs pièces également remarquables par le sentiment et l'exécution; il y a mainte page, qui unit le bonheur de la pensée à celui de l'expression. Les pièces dialoguées surtout, se distinguent par beaucoup de charme et d'esprit. M. Cournier manie trop habilement la forme difficile du dialogue en vers, pour qu'on ne l'encourage pas à écrire pour le théâtre. Il y porterait, nous le croyons, un talent agréable et une verve comique de bon aloi. Nous devons toutefois mêler un conseil à nos éloges : que M. Cournier se garde de ces déclamations contre la société qu'il est si facile de réfuter au nom de la dignité des lettres et surtout au nom du bon sens. Depuis longtemps ces déclamations sont passées à l'état de lieu commun, et M. Cournier, qui s'est montré en plus d'une page écrivain facile et gracieux, ne pourrait que perdre à s'inspirer de ces colères maladives et de ces accusations banales qu'il faut desormais laisser à la médiocrité impuissante. Qu'il cultive au contraire la veine aimable et franche d'où

il a tiré quelques unes des inspirations les plus fine-
ment satiriques de son volume, et le succès ne lui
fera pas défaut, nous l'espérons.

(*Revue de Paris*, du 9 avril 1843.)

. . . .

. . . . . . Un autre volume de vers, le *Nyctalope*,
de M. Marie Cournier, répondait d'avance à cette
assimillation ambitieuse, quand il y était question
des poètes

Noyés dans l'océan des vers qu'on ne lit pas

Ce ton épigrammatique convient au talent fin et
moqueur de M. Cournier qui se range lui-même et
que nous classons à regret dans les *incompris*. Il y
a, selon nous, deux parties très distinctes et contra-
dictoires dans le *Nyctalope*, l'une d'observation lé-
gère et souriante, qui mérite d'être encouragée,
l'autre de misanthropie méconnue qui avoisine le
ridicule. En un mot, on découvre à la fois dans
M. Cournier, un barde déclamateur, qui n'a droit
qu'au dédain; et un écrivain spirituel qui une fois
dégagé serait digne d'être produit. Il semble que
chaque jeune poète doive forcément payer son
tribut à l'implacable idole de l'imitation. Heureux,
ceux qui comme M. Cournier, ont un coin qui leur
appartienne, un petit champ qui leur soit propre :
cui pauca relicti jugera ruris erant.

L'auteur du *Nyctalope* n'a pas été heureux dans le choix de son plagiat ; les lamentations de Gilbert et de Chatterton ne sont plus acceptables. Le rôle est usé. Venir nous répéter que le poète a forcément son *calvaire*, qu'il est *né pour souffrir*, et que

> S'il ne veut pas se vendre, on le laisse mourir,

ou bien parler encore de ce *souffle de Dieu*, et de ce quelque chose d'en haut qu'on sent en soi, c'est se faire l'écho de toutes les folles et vaniteuses accusations qui traînent depuis quinze ans dans des recueils aussitôt oubliés que mis au jour. N'est-il pas bien neuf aussi de s'écrier :

> . . . . L'amère ironie,
> Aussitôt qu'il paraît crache sur le génie !

A quelle époque au contraire, la littérature a-t-elle été plus ouverte, l'accès plus universellement facile, l'accueil plus avenant ? C'est à peine s'il faut un peu de talent pour être démesurément loué. Les inquiétudes de M. Cournier, sont tout à fait imaginaires : si un vrai poète se produisait aujourd'hui, l'indifférence du public se transformerait tout à coup en enthousiasme, nous n'en doutons pas ; mais c'est précisément parce que la foule aime les bons vers, qu'elle lit si peu ceux qu'on publie. Ces airs de rapsode persécuté vont mal à M. Cournier, et nous l'aimons bien mieux quand, dans une pièce adressée à son volume, il s'écrie avec pressentiment :

Mon fils, ta mort est légitime !

Cet héroïsme d'un poète m'étonne un peu plus que celui de Brutus. Il reste heureusement à M. Cournier, une veine qu'il fera bien de poursuivre, c'est la veine comique ; chez lui le trait de la satire s'aiguise encore par un vers leste, facile et agréablement tourné. En s'exerçant au dialogue, au jeu de la répartie, en mêlant avec plus de soins encore les délicatesses du sentiment aux saillies malignes de l'observation, peut-être l'auteur du *Nyctalope* réussirait-il sur la scène? ce qu'il y a de sûr, c'est qu'il semble fait pour échouer dans le lyrisme.

CHARLES LABITTE.

(*Revue des Deux Mondes*. 1er juillet 1842.)

Le Nyctalope, par J. Marie Cournier. Singulier titre pour des poésies de jeune homme ! L'épigraphe empruntée aux *Nuits d'Young*, explique la pensée de l'auteur. M. Marie Cournier, est le jour un homme de prose ; mais la nuit venue, sa muse, comme certaines plantes nocturnes , s'épanouit et se couronne de fleurs. Naturellement, comme tout ce qui préfère la lune au soleil, ce poète est assez mélancolique. Il se plaint volontiers et s'indigne des mœurs financières de l'époque : il semble même dans certaines pièces, en vouloir beaucoup à quelqu'un qui l'a trouvé physiquement laid, sans vouloir s'enquérir si sous cette forme peu flatteuse et peu flattée, la nature n'avait pas logé une âme de poète. Bref, M. Cournier a beaucoup de candeur, et nous qui l'en estimons davantage, nous qui espérons qu'il n'est pas aussi laid qu'il le prétend, nous l'encourageons de notre mieux en déclarant qu'il est né poète et qu'il y a pour lui un avenir s'il travaille et persiste. Quelques pièces du volume, composées à Londres sont heureusement imitées de l'anglais, nous en exceptons le morceau de Shakspeare sur le drame de la vie qui sent trop la paraphrase.

(*Revue Britannique.*, — Juin 1843.)

. . . .

. . . . M. Cournier a plus dagitation et de mouvement, plus de verve aussi, sa pensée s'est mêlée davantage à tous les bruits qui se font autour de nous ; son vers est d'une jeunesse tout à fait inexpérimentée, mais il est assez souvent incisif, mordant, animé. Seulement comme M. Cournier, se délivre à lui-même le nom de poète, il faut qu'il s'efforce de le mériter, et, pour cela, nous lui conseillons de n'imiter ni l'élégie mystique de Lamartine, ni le moyen-âge de convention d'un autre chef

d'école ; mais de descendre en lui-même et d'explo-
rer sincèrement ce qui peut s'y trouver de sensations
neuves et de formes originales ; pour se produire,
il ne faut pas s'annihiler, quelque chose vous dis-
tingue sans nul doute, cherchez ce quelque chose,
et faites-en le point d'appui de votre pensée.

EUGÈNE STOURM.

(*Revue Synthétique* du 30 septembre 1843.)

M. Cournier ne mérite pas que je le complimente
comme j'ai complimenté M. Henri Blaze, pour la
simplicité du titre donné à son volume de vers. Le
Nyctalope, ainsi s'appelle le recueil publié par M.
Cournier. Quel sens précis le jeune peintre attache
à ce mot ? c'est ce qu'il n'est pas aisé de deviner,
attendu que M. Cournier n'a pas jugé à propos de
s'expliquer là-dessus, et que cependant le mot a
deux étymologies également probables et naturelles.
Nyctalope dérivé du grec, peut être composé indif-
féremment de νυξ et d'οπς ou de νυξ et d'αλοπεξ. Dans
cette dernière hypothèse, Nyctalope signifierait renard
de nuit ; dans la première hypothèse, il signifierait
œil de nuit, ou par extension logique, œil de chouette,
puisque la chouette a le privilége de voir dans les
ténèbres. Est-ce au renard, est-ce à la chouette que

pensait M. Cournier en baptisant son volume ? J'a-
bandonne- l'explication de cette énigme aux Sau-
maises futurs.

L'auteur du *Nyctalope* appartient à cette école
de génies mécontents qui a pris, depuis quelques
années, le nom de Chatterton pour symbolique de-
vise, et qui s'est donnée pour mission spéciale de
protester contre l'indifférence du siècle en matière
de poésie. Sans contredit, cette sorte de protestation
est une mine qui, bien qu'exploitée à outrance, pourrait être féconde encore ; malheureusement, M. Cournier l'a prise du mauvais côté. Ce n'est pas au nom
des services que rendent les poètes et de l'attention
qu'on leur refuse, c'est au nom de la misère où on
les laisse qu'il proteste contre le prosaïsme du
temps présent. Or, selon moi, c'est là rabaisser
la poésie, la dépouiller de sa dignité et lui enlever tout son prestige. Nous ne voyons pas
qu'Homère, *qui était pourtant Homère,* (1) ait jamais écrit un vers pour se plaindre d'être laissé à
jeûn par ses contemporains. Le volume de M. Cournier, au contraire, fourmille de passages où les infortunes de la muse moderne sont comprises uni-
quement au point de vue de l'estomac. Dans le

____

(1) Homère, *qui était pourtant Homère* ! — Où diable la
naïveté, va-t-elle se nicher ? qui sait ! si le *Corsaire* et M. A. B.
avaient vécu dans ce temps-là, Homère ne serait peut-être pas
HOMÈRE aujourd'hui.

chant du cygne, M. Cournier, s'adressant à ses frères en lyrisme, les plaint de ce que « leur chant *divin* ne vaut pas un morceau de *pain*. » Même idée, et rendue à peu prés de la même façon, dans les *stances*. Dans *la Fuite*, l'auteur suppose un jeune Pindare en expectative, lequel offre ses premiers chants au public en criant : « Oh! lisez, mes frères, car j'ai *faim*. » Dans le *Dialogue historique*, un jeune inspiré dit fièrement avec une faute de français (1) à un spéculateur de sa connaissance : « J'aurai pour *compagnons* et LA *soif* et LA *faim*. » Cette préoccupation *du plus positif* (2) des besoins physiques est poussée dans le *Nyctalope* jusqu'à la monomanie. A coup sûr, la pauvreté honorable à des droits sacrés à la sympathie; mais elle a d'autant plus de droits *qu'elle est plus fière et se voile mieux.* (3) Le malade qui crie le plus fort n'est pas toujours celui qui à la blessure la plus profonde; il n'est que le plus débile, ordinairement. Jean-Jacques Rous-

(1)   J'aurai pour compagnons et la *soif et la faim*,
         Le sourire des sots, leur stupide ironie...

Compagnons se rapporte aussi au sourire des sots; donc, il n'y a pas de faute de français.

(2) Si c'est *le plus positif* n'est-il pas naturel *qu'on s'en* préoccupe?

(3) Cela veut-il dire : « La pauvreté honorable a des droits, d'autant plus sacrés à notre sympathie que l'on n'en sait rien ?

seau, le 13 octobre 1758, c'est-à-dire à l'âge de 46 ans, après avoir produit plusieurs ouvrages qui jouissaient d'une popularité immense, au moment où il achevait la *Nouvelle Héloïse* et préparait *Émile*, datait de Montmorency, en réponse à une lettre par laquelle on lui demandait un rendez-vous, la phrase suivante : « Mon temps est inutile au public et n'est plus d'un grand prix pour moi-même : mais j'en ai besoin pour gagner mon pain ; c'est pour cela que je cherche la solitude. » Dans ce peu de mots, destinés, d'ailleurs, à rester à l'état de confidence particulière ; dans ce peu de mots, quelle noblesse et quelle dignité! L'illustre philosophe ne met pas en avant ses mérites, lui qui, cependant, plus que nul autre, aurait le droit de le faire ; il ne se plaint pas ; (*) il n'accuse personne ; il constate un simple fait, à savoir qu'il a besoin pour vivre de chercher la solitude et d'utiliser son temps. A sa place, quelles clameurs n'aurait point poussées les jeunes génies méconnus dont M. Cournier se fait le lyrique interprète! Que la réserve du glorieux citoyen de Genève serve donc de leçon à ces Messieurs, si, quelque jour, leur orgueil trop prématuré se trouve enfin autorisé jusqu'à un certain point par leurs œuvres. Mais quoi! avant d'avoir lutté, ambitionner la récompense! Exiger de la société, avec co-

---

(*) M. A ┼ B. n'a donc pas lu les *Confessions* de l'illustre philosophe. ?

lère et menace, un bien-être pour la conquête du-
quel on n'a rien fait encore! Étranges prétentions!
A Dieu ne plaise, toutefois, que d'après ces paroles,
je sois jugé un champion *quand même* de notre or-
ganisation sociale! Bien loin de trouver que tout
est ici bas pour le mieux et que notre monde est le
meilleur des mondes possibles, je désire et j'espère,
avec tous les bons esprits de ce temps-ci, une réforme efficace et prochaine. Quand je dis efficace,
j'entends une réforme clairvoyante et normale,
provoquée par la raison, préparée par l'intelligence,
opérée par la passion enthousiaste et méthodique,
une réforme enfin qui arrange et ne dérange pas,
qui relève et ne bouleverse pas, qui calme, au lieu
de les redoubler, l'irritation et l'angoisse humaines
et donne satisfaction à tous les droits, à tous les in-
térêts, à toutes les aspirations légitimes. Mais si je
l'espère et la désire, cette réforme, c'est au nom et
en vue des masses souffrantes et laborieuses, et point
du tout au nom ni en vue de ces quelques individualités vaniteuses et fainéantes qui ont les sympathies de M. Cournier. (1).

Une autre idée préoccupe encore beaucoup l'auteur du *Nyctalope*; il croit que les poètes qui ne sont
pas pauvres font nécessairement un trafic infâme de

---

(1) C'est faux. Aucune individualité fainéante n'a mes sympathies, et je suis au contraire un partisan sincère de la réforme clairvoyante, normale, intelligente et méthodique dont parle M. A † B.

leur génie. Dans les *Stances* que je citais tout à l'heure, M. Cournier affirme que notre sièle est « un siècle barbare, où tout se *vend, poésie* et *vertu.* » ailleurs, il dit que le poëte, s'il veut vivre, « *doit vendre* sa croyance.* » Ailleurs encore, il parle de Paris « où l'on *vend* pour un peu d'or son corps et son âme: et il fustige aussi vertement qu'il le peut, sans toutefois les nommer, plusieurs « poètes sublimes » qui, à l'en croire, « au lieu de mourir, *se sont vendus.* » Evidemment, signaler cette idée de M. Cournier, c'est en faire une critique suffisante, car elle est le comble de l'absurdité. Tous les grands poètes de notre temps, M. de Lamartine, M. Victor Hugo, M. Sainte-Beuve, et quelques autres que je trouverais facilement sous ma plume, se vendent, en effet, et même très bien, mais au public seule ment, par l'intermédiaire de leurs libraires ; et voilà comment ils sont en possession de ce bien-être que leur reproche si amèrement M. Cournier. Mais puisqu'il aspirait à passer pour un puritain féroce et inflexible, pourquoi donc M. Cournier a-t-il grossi son recueil d'un petit poème de cent cinquante à deux cents vers, où sont épuisées toutes les formules de l'adulation ? pourquoi a-t-il écrit sa *Méditation sur le 13 juillet?* Dans cette *Méditation,* le roi actuel des Français est appelé tour à tour « homme sage, habile pilote,, prudent médecin, roi martyr et qui fait un noble ouvrage. » M. Cournier dit encore à Louis-Philippe que : « ses travaux sont fertiles ; » et il l'encourage fortement à mépriser les efforts des partis ; en récompense de quoi il ose lui promettre qu'un jour « la France *bien portante*» dira : « Où donc est-il ce monarque, qui dirigea notre barque ? » Perspective d'un attrait médiocre, en vérité ! Ceci rimé, cependant, M. Cournier passe à l'éloge du défunt duc d'Orléans, qu'il réussit à ensevelir une seconde fois, pour ainsi dire, sous une avalanche *de ridicules hyperboles,* (1) et il conclut en priant Dieu de « Nous préserver du pouvoir populaire, qui n'est qu'un aveugle bourreau, plein de force et vide de raison ; un vil tyran incapable de rien produire de bon, ignorant, usurpateur, stupide, » et tout ce qui s'ensuit. Assurément, ce n'est point mon affaire de démêler les opinions politiques de l'auteur du *Nyctalope* ; je consens volontiers à l'en croire sur parole, quand il affirme au beau milieu de sa *Méditation,* et comme s'il prévoyait le blâme, qu'il parle selon son cœur et sa conscience ; néanmoins, le radicalisme qu'il affiche fréquemment en matière d'indépendance, et qui va jusqu'à lui faire suspecter nécessairement la mora-

______

(1) C'est M. A.†B. qui parle d'hyperboles ! du reste, on voit ici le bout de l'oreille qui perce ; ma *Méditation du* 13 *juillet,* voilà mon crime ! Le citoyen A.†B., futur accusateur public, me voue à la hâche révolutionnaire. — Je suis perdu ! je suis mort !.. Un notaire, vite un notaire, pour faire mon testament !

lité des plus éminents poètes de l'époque, s'allie mal dans mon esprit, je l'avoue, avec les injures prodiguées à la démocratie moderne et avec les emphatiques éloges décochés à brûle-pourpoint sur un roi régnant. S'il s'agissait d'un roi mort depuis cinquante ans, à la bonne heure! Je défie bien M. Cournier, par exemple, de trouver dans aucune des œuvres poétiques contemporaines, une seule page qui ressemble à sa flagorneuse et nauséabonde *Méditation*.

Au point de vue exclusivement littéraire, j'ai encore bien des observations à présenter à M. Cournier. Quand on se pose, comme l'auteur du *Nyctalope*, en adversaire lyrique de toute une époque, on devrait au moins écrire la langue poétique avec correction, et ne pas bouleverser à plaisir les lois de la prosodie. Pourquoi M. Cournier ne donne-t-il au verbe *apprécier* que trois syllabes, tandis que la prosodie lui en assigne quatre? Pourquoi n'en donne-t-il que deux au mot *ruine*, tandis que la prosodie lui en assigne trois? Le mot *duel*, (1) au con-

---

(1) C'est un duel ? — A mort, ou ma vie, ou la vôtre.

Marino Faliero, — CASIMIR DELAVIGNE.

Quoi? ce duel, ces coups si justement portés.

La Suite du Menteur. — CORNEILLE.

traire, que la prosodie réduit à une seule syllabe, pourquoi M. Cournier le fait-il de deux ? Et la grammaire ! M. Cournier croit-il que les poëtes soient au-dessus-d'elle, qu'il se permet de violer outrageusement la règle des participes, en mettant dans la bouche d'une jeune femme cette exclamation : « Il ne m'a pas compris au lieu de « Il ne m'a pas *compris E* ? » M. Cournier ignore probablement que le verbe *sortir* (1) est un verbe neutre, sans quoi il n'aurait certes pas dit : « *Sortir* une lettre, un poignard. » M. Cournier ignore pareillement, sans aucun doute, que le mot *tout-de-suite* est une locution adverbiale qui n'a rien de commun avec la locution *de suite*, sans quoi il n'aurait pas

Et ces deux filles-là vont se battre en duel.

Le Distrait. — REGNARD.

(1) Sortir est actif dans le sens de *tirer hors*. — J'ai dit :
— Ne sors donc pas ainsi ton poignard *du fourreau*. — Je n'aurais pas dit : ne sors pas ton poignard. — On dit sortir un cheval *de l'écurie*, pour *tirer* un cheval hors de l'écurie, sortir quelqu'un *d'une affaire fâcheuse*, pour *tirer* quelqu'un *hors* d'une affaire fâcheuse; sortir une lettre *de sa poche* pour etc. etc. etc.

Voyez le *Dictionnaire*.

Je sais qu'il y a beaucoup de fautes et de taches dans le *Nyctalope*; mais lorsqu'on aspire à passer comme M. A. ‡ B. pour un puriste féroce et inflexible, on devrait au moins faire des observations sérieuses, et non des remarques inexactes et futiles ; (j'en excepte *compris* pour compris *E*, négligence impardonnable).

écrit : « Je vais partir de *suite*, » On peut faire vingt lieues, de suite mais c'est tout de suite que l'on part. Il m'en coûte, vraiment, d'adresser tant de reproches au jeune auteur du *Nyctalope*; si je m'y décide sans scrupule, c'est qu'à tout prendre, son recueil de vers n'est pas absolument dénué de mérite à mes yeux. J'y ai remarqué, sinon, comme réalisations tout à fait acceptables au moins comme promesse et comme espérance, une demi-douzaine d'agréables fragments : *le Souvenir*, entr'autres, et *la Prière*, et surtout le *Doute et la croyance*, petite fantaisie dramatique assez maigrement inventée, mais dialoguée très habilement. M. Cournier serait donc impardonnable de dépenser plus longtemps son jeune talent en jérémiades soporifiques, puisqu'il le peut appliquer à mieux.

A.+B.

TABLE DES MATIÈRES.

	Pages.
Dédicace.	5
Préface.	7
Quelques mots que le public ne lira pas.	9
Les deux irlandais.	19
Les deux poètes.	32
A mon ami Alphonse Teytaud.	37
Boléro.	39
Le vieux Scribe et la jeune fille.	41
La fièvre.	45
L'abandon.	45
La Justice Divine.	49
L'illusion.	51

A Lamartine. 57

Le poète et le spéculateur. 59

La lecture d'un drame. 69

Souvenir. 75

Le petit page et la belle dame. 77

Lettres et critiques. 84

FIN.